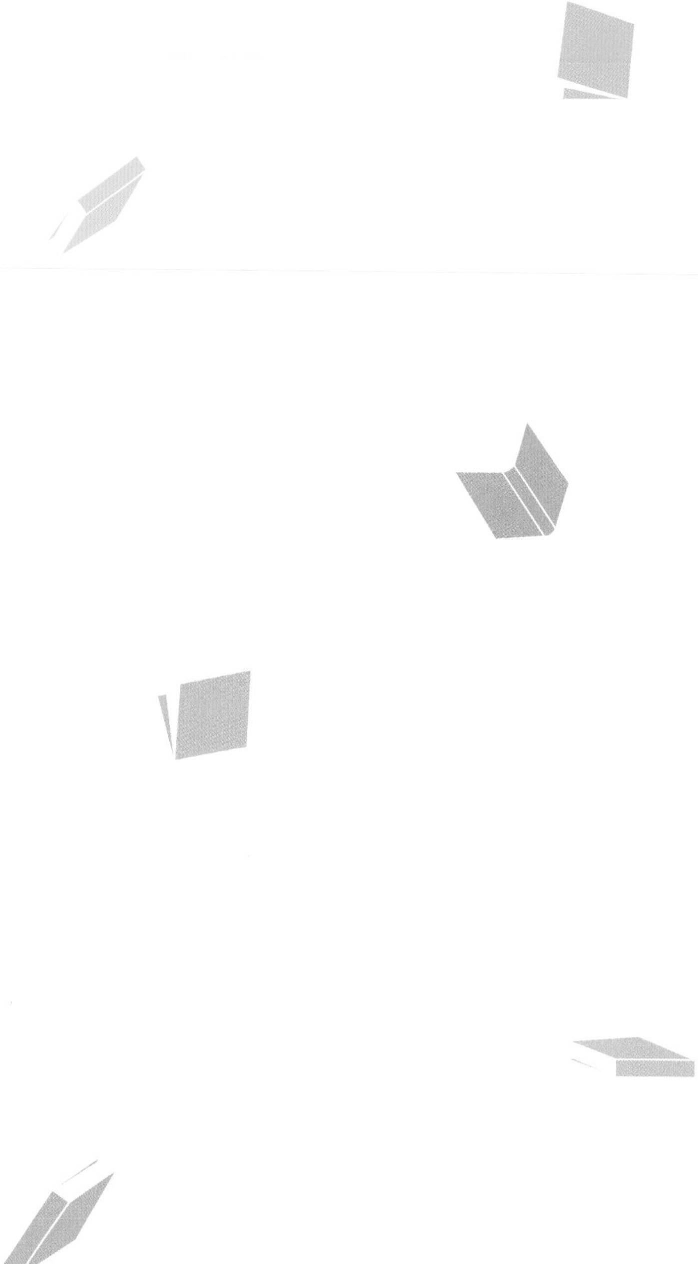

閱讀123

狐狸一族心探險 2

誰是第一名？

文 王淑芬
圖 蔡豫寧

獎牌

目次

1. 一箱子的舞

初夏是隻愛跳舞的小狐狸，

她最愛跳的舞有三種。

第一，彩帶舞；披一條長長的彩色絲帶，兩手搖著彩帶，在空中畫出一圈一圈的漩渦，從這座山跳到那座山。初夏的彩帶舞，連山裡的蝴蝶都看得目不轉睛。

第二，踢踏舞；在狐狸村的廣場上，踢踏踏、踢踢踏踏。初夏閉上眼睛，陶醉的跳著。旁邊竹林裡的一根根竹子，也都搖頭晃腦，像在為初夏打拍子。

第三，是初夏最喜愛的芭蕾舞。

芭蕾舞，是安安靜靜的。舞者的兩手慢慢往上伸，再往兩邊展開，畫出一個半圓形。雙腳踮起來，以腳尖站立；必須保持平衡，才能站得挺直。初夏努力的踮著腳尖，一點都不怕疼。

初夏身旁的白尾卻打了個呵欠，說：「跳舞就是亂跳、隨便跳、心裡想怎麼跳就怎麼跳，這樣才好玩。」

他覺得初夏練習芭蕾舞的樣子太辛苦了。

白尾是初夏在狐狸小學的同班同學，他本來跟其他同學一樣，一看到初夏跳舞，就「哼」一聲說：「身為狐狸，跳什麼舞啊。」沒想到，他和初夏成為好朋友後，也開始喜歡打著節拍，跳起舞來。

不過，白尾比較喜歡自由自在隨意跳，對彩帶舞、踢踏舞或芭蕾舞都沒有興趣。

初夏沒理白尾，她唱起一首優雅的歌，曲調輕輕慢慢的。她隨著歌聲，站穩腳尖，往右旋轉一圈，再往左旋轉一圈。

白尾忍不住也踮起腳尖，想學初夏，卻「哎呀」一聲，差點摔跤。

「芭蕾舞好難啊！」

初夏停下來，擦擦汗，對白尾說：「就是因為難，我才想好好練習。今年的舞蹈比賽快到了，我想參加比賽，將來加入頂級的芭蕾舞團。」

原來，初夏想當國際芭蕾巨星。

兩個好朋友一起走回初夏家，屋內都是初夏媽媽的鮮花。他們聞著淡淡的花香，喝著初夏媽媽親自種的、可以增強體力的薄荷茶，覺得好舒服。

他們一面喝著熱熱的飲料，一面討論初夏要如何才能達成夢想。

「想看看我的寶貝箱子嗎？」

初夏從房間裡搬出一個好大好大的紙箱。

箱子裡全是初夏跳舞的用具。除了有三條彩帶，兩雙踢踏舞專用的舞鞋，其中最吸引白尾的，是許多許多的芭蕾舞衣。有一件胸口縫著兩圈亮片的白色舞衣，還有粉紅色、粉藍色的，全是像童話公主才擁有的蓬蓬裙舞衣。

此外，還有五雙不同顏色的芭蕾舞鞋，兩雙硬鞋，三雙軟鞋。有一雙軟鞋，因為初夏練得太勤快，已經顯得破舊了。

這一箱子的舞鞋與舞衣，代表著初夏美麗的夢想。

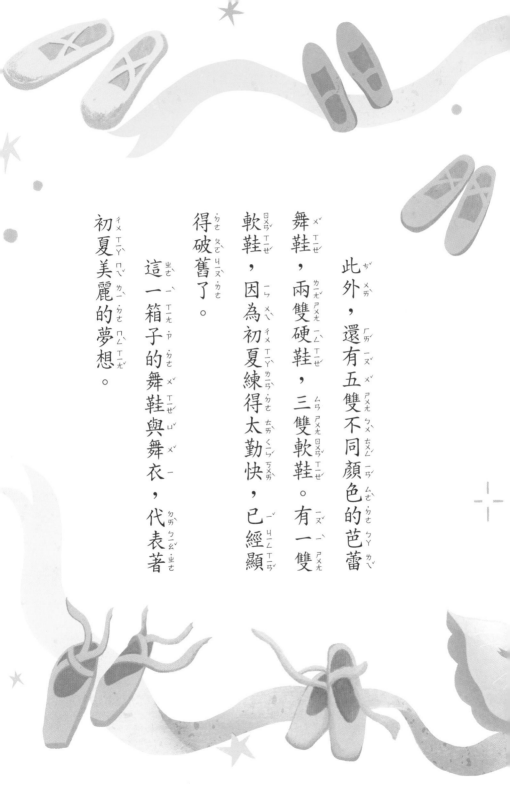

「沒錯！我要當世界一流的舞蹈家。」

前幾天在作文課時，初夏就是這樣寫——四月老師出的題目是「我的將來」，請同學寫下未來的志願。

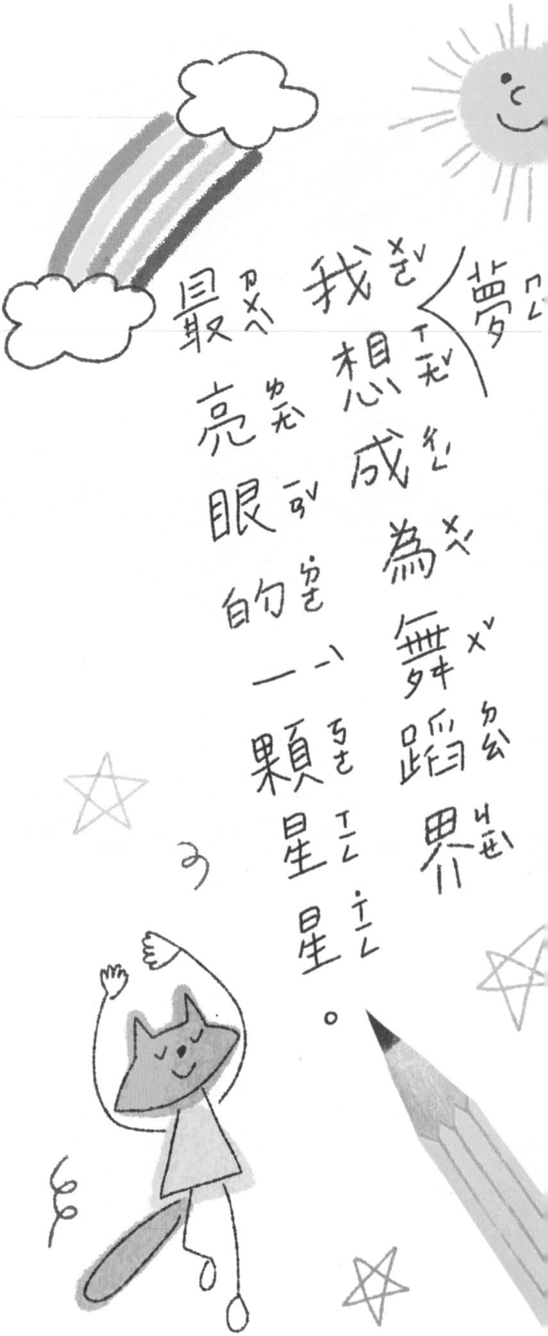

星期一，老師發下作文簿後，請三位同學上臺朗讀。

首先上臺的是紅頭髮的大寶，他寫著：「我將來要當森林裡最懂得避開敵人的強將。」

同學都拍手讚美：「可以活很久！」

第二位上臺的小天，寫的是：「我要成為森林裡最會找食物的高手。」

同學再度拍手肯定：「很實用！」

接著，四月老師指指初夏：「你一向很有想法，請上臺跟大家分享吧。」

初夏有點害羞，但還是深呼吸，打開作文簿，高聲唸出：「我夢想成為舞蹈界最亮眼的一顆星星。」

底下有個小小的聲音笑說：「是森林裡的黑猩猩嗎？吼嗚吼嗚。」還有兩個同學鼓起鼻子，做出黑猩猩搥打胸膛的動作。

另一個聲音低低的說：「身為狐狸，跳什麼舞啊！」

還有個聲音說：「跳舞能當飯吃嗎？會引來更多敵人吧。真沒用！」

初夏聽見了。她放下作文簿，低下頭來。

四月老師也聽見了，她說：「我認為大寶、小天和初夏三位同學的夢想都很重要喔。」

小天舉手說：「可是，初夏真的很奇怪耶。她總是在森林裡跳著好笑的舞，我媽說最好離她遠一點，免得被傳染。」

幾個同學也點著頭附和：「對對對，我爸也這樣說。」

白尾氣極了，他站起來大聲反駁：

「等初夏參加舞蹈比賽，得到第一名的獎牌，你們就笑不出來啦。」

第一名！

大寶吐吐舌頭，小聲的說：「哇，整個狐狸小學，從來沒有得過森林裡任何比賽的第一名呢。」

2. 一牆面的夢想

大寶的爺爺是狐狸小學的校長，所以他每天放學都會到校長辦公室寫作業，等爺爺忙完，再跟爺爺一起回家。

校長室的櫃子裡，滿滿的都是獎盃和獎狀：拔河比賽第三名、落葉拼貼比賽第二名、跳高比賽第五名、疊石頭比賽第四名、賽跑比賽第二名、大叫比賽第三名……

狐狸小學參加校際的各項比賽，從來沒有得過第一名。

所以，當白尾說「初夏會得第一名」時，大寶立刻拍起手來：「太好啦！這樣爺爺的辦公室，終於會有座第一名的獎盃。」

森林裡的各種比賽，獎座都會同時頒發給得獎者和學校，讓學生有「為校爭光」的榮譽感。

雖然初夏一直跟大家說：「今年的舞蹈比賽，高手很多，我不一定會得冠軍。」

但同學仍你一言我一語的為初夏打氣：「你會的，我有信心。」「只要多練習就行了。」

大寶甚至說：「我們會幫助你。」本來，大寶老是嘲笑初夏跟白尾：「身為狐狸，跳什麼舞啊。」現在，為了獎牌，同學們的態度都大改變啦。

放學後，兩個好朋友一起走回初夏家。

白尾說：「今天大家學黑猩猩的樣子來取笑你，真討厭。」

初夏撿起兩片大大的落葉，兩手各拿一片，當作扇子跳起舞來。蹦恰恰，蹦蹦恰恰。這是一首快樂的葉子舞。

初夏瞇起眼睛，告訴白尾：「只要開始跳舞，我的煩惱就會全部忘光。快跟我一起跳吧。」

白尾笑了，也撿起葉子，踏著舞步，蹦恰恰，蹦蹦恰恰。

不過，他也有疑問：「原來初夏也有煩惱？」

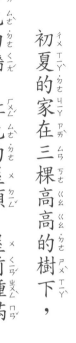

初夏的家在三棵高高的樹下，白色的牆，紅色的屋頂，屋前種滿各種植物，看起來整齊又漂亮。

「這些都是媽媽種的喔。」初夏介紹著，有桃花、茶花、金銀花、薄荷、馬鞭草和跳舞蘭。

進門後，初夏拉著白尾，腳步輕輕的走進爸爸的書房。一進去，白尾便忍不住大喊：「哇！這面牆太厲害了。」

書房牆上掛著一面面獎狀和獎牌，櫃子裡也擺著高高低低的獎盃。這些都是初夏爸爸和媽媽，從小到大參加許多比賽的輝煌成績。

其中，也有三張初夏參加作文比賽和背詩比賽的獎狀。

白尾說：「這面牆好像校長室的櫃子，裡面全是閃亮亮的優秀成績。」

初夏媽媽走進書房，領他們到客廳享用香濃的人參茶。

「下個月就是森林的舞蹈比賽，初夏每天都練得很勤快呢。真像我小時候，不管面對什麼競賽，一定盡全力贏得冠軍。」初夏媽媽說。

初夏揉揉腳趾，慢慢喝茶，沒說話。

隔天在學校，小天拿了一包糖果送給初夏：「吃糖會很開心，就會跳出開心的舞，得到第一名。」

大寶拍了一下小天，說：「為了第一名，小氣鬼小天變成大方的小天耶。」

「因為一想到我們學校終於要有一面第一名獎牌，我就開心得不得了啊。」小天拍拍初夏，蹦蹦跳跳的進教室。

接著，陸陸續續有同學送禮物給初夏。

三張寫滿加油和祝福的卡片，還畫著亮晶晶的獎盃。

兩條緞帶——讓初夏綁在尾巴上，打出美麗的蝴蝶結；跳舞的時候，蝴蝶結就會像在空中漫舞的彩蝶。

一包肉乾——讓初夏補充體力，有力氣練舞。

一籃子的花朵——讓初夏看了心情好，比賽時就能不緊張。

初夏抱著滿滿的禮物，輕聲道謝，但接下來的一整天都緊閉著嘴，沒說話。

好吃
肉乾
讚!
初夏
得第一
拿第一

下課時，白尾關心的問初夏：「怎麼了？你好像心情不太好。」

「沒事沒事，我很好。」初夏拿出一顆糖果，請白尾吃。

回家路上，路邊開滿黃色小花，輕輕一拍手，花瓣就會一片片飛起來。白尾還記得，只要閉上眼睛，聞著空中的點點小黃花，就會想跳舞。

「我們來拍手。」白尾正要拉起初夏，初夏卻沉默的把手伸到背後。

看來，初夏此刻好像也不想跳舞。

「初夏到底怎麼了？」白尾想。

3. 一個祕密計畫

白尾媽媽聽完兒子的疑惑，點點頭說：「我懂初夏的心情。」

白尾媽媽解釋給白尾聽：「如果大家都認定，你參加比賽一定會得第一名，你會覺得很高興，還是很擔心？」

對啊！收了那麼多禮物，萬一沒得到第一名，不就對不起大家的期待了？大家對初夏的期望好高啊。

難怪初夏不像以前，總是滿臉不在乎，打著拍子，腳尖點來點去，隨時都在跳舞。

不過，白尾告訴媽媽：「其實最想得第一名的，是初夏自己喔。因為他們家的書房裡，有一整面牆的獎狀。」

白尾想起初夏看著那一整面牆，眼裡閃著光芒的樣子。那一刻，白尾感受到初夏的夢想，就是在牆上也貼著大大的「舞蹈比賽冠軍」獎狀。

身為初夏最要好的朋友，白尾決定全力幫助她完成這個願望。

隔天，白尾偷偷約了大寶跟小天在學校花圃開會，討論該如何幫助初夏奪得跳舞比賽第一名。

白尾說：「我打聽過了，今年的舞蹈比賽評審是去年的街舞冠軍黑猩猩、現任芭蕾舞團的指導老師天鵝，以及貓巧可。」

「什麼！」大寶與小天驚訝的大叫，然後連忙摀住嘴。

全森林最有學問的貓巧可，是大家遇到困難時，第一個想到的求助對象。今年居然邀請貓巧可擔任評審，看來這次比賽應該會很不一樣，也十分慎重吧。

大寶有好主意，他說：「我可以問看看黑猩猩與天鵝最喜歡哪一種舞蹈風格？」

小天不斷點頭，表示贊同：「沒錯，叫初夏選評審喜愛的舞蹈，才會拿高分。」

他們還想到另一個可行的辦法，就是偷偷打聽還有誰參加比賽，準備的舞又是什麼？這樣就能讓初夏準備比這些舞更厲害的技巧，一舉打敗其他選手。

接下來是好忙的一週啊。

小天到森林各處拜訪朋友，帶著許多美食與朋友聊天，聊著聊著，便問：「你們學校這次派誰參加舞蹈比賽？跳哪種舞啊？」

大寶也利用家庭聚會的時候，問爺爺：「黑猩猩擅長街舞，天鵝是芭蕾舞專家，那我們是不是應該把這兩種舞蹈結合在一起，比較能得高分呢？」

白尾甚至在假日起了個大早，走去離狐狸村遙遠的貓村。他敲敲貓巧可家的門，問貓巧可：「如果參加跳舞比賽，哪種舞最能讓人印象深刻？」

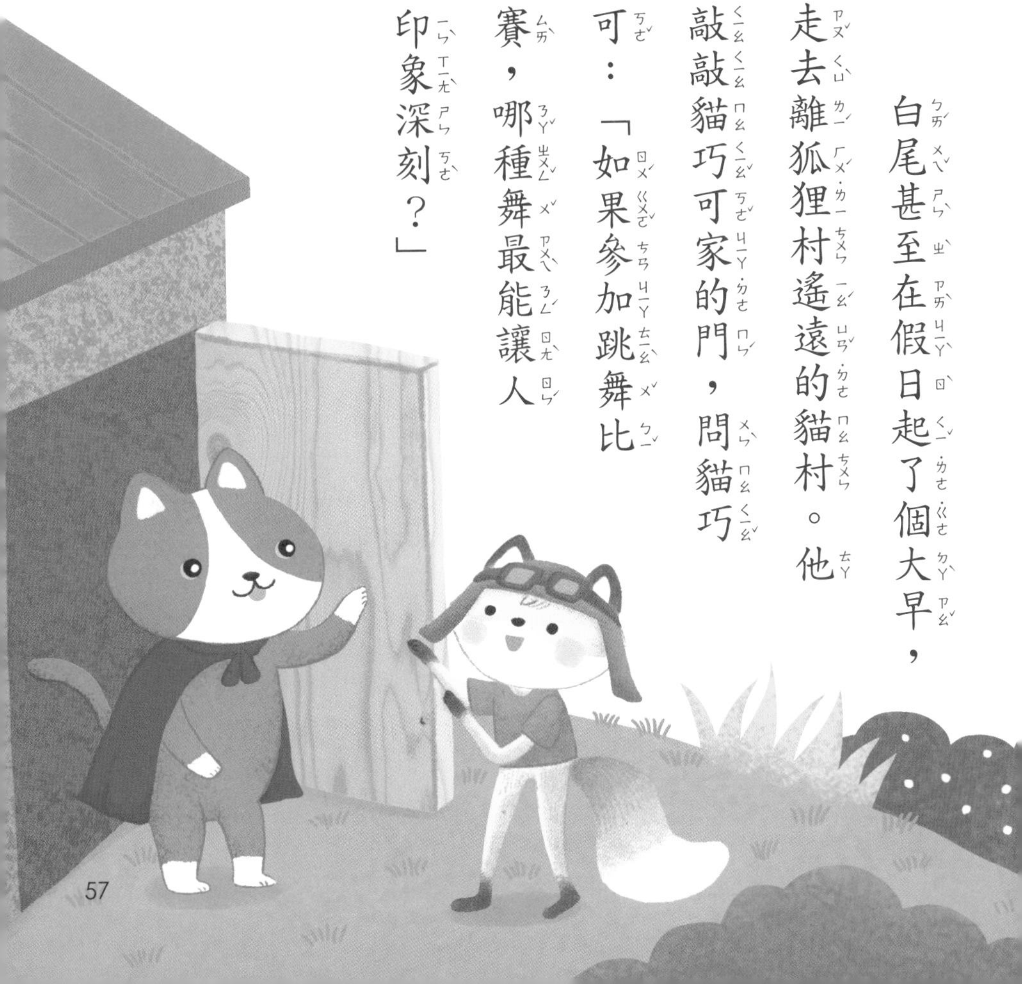

可惜，三位同學的努力都沒有收穫。

貓巧可的答案是：「當然是跳自己喜愛的舞。」

狐狸校長說：「我根本不認識黑猩猩和天鵝，對舞蹈也一竅不通啊。」

小天的朋友們則全都懷疑的看著他：「你問這個，是想幫助你們學校獲勝嗎？這樣可不行。」

小天瞪對方一眼，不服氣的說：「為了得獎，用盡各種方法哪有錯？」

朋友卻搖搖頭，「這才不是比賽的精神。」

小天雖然沒有得到有用的情報，不過，倒是提供了一個新消息：「聽說這次舞蹈比賽的冠軍獎牌，特別大，上面還刻著許多精緻的圖案，一定美極了！將來放在校長室時，我每節下課都要去看。」

DANCE
1

白尾的腦海裡，開始想像著美麗的獎牌，也想像初夏從頒獎臺上接過獎牌時，會有多開心。

4. 一項意外的比賽結果

放學時，白尾拉著初夏，興奮的說：「等一下到你家，我們來復習比賽的舞蹈吧。」

白尾沒看見初夏皺起的眉頭，他一面哼歌，一面踮起腳尖，模仿芭蕾舞的美麗舞姿。

遠遠的，小天甩著書包跑過來，喘著氣說：「初夏，你喜歡什麼口味的餅乾？比賽那天，我帶去請你吃個飽。」

大寶也在一旁喊著：「初夏初夏最神奇，狐狸小學得第一！」

初夏還是沒說話。

夏天已經來了，森林裡濃濃的植物香氣與滿眼的綠意，讓白尾忍不住拍起手來；左拍拍、右拍拍，往前跳、往後跳。

這是初夏與白尾最喜愛的夏日之舞。

初夏卻低著頭，快步走著。

白尾問：「初夏，你明天比賽的衣服與音樂都準備好了嗎？」

「嗯。」初夏點點頭，「我這次要跳難度很高的芭蕾舞，一共有三個空中跳躍，與五次旋轉。媽媽說，比賽就是要拿出最厲害的技巧。」

聽起來很厲害，應該會讓所有觀眾與評審看得目瞪口呆吧。

白尾突然想起來一件很重要的事，他連忙問初夏：「你這次跳的舞，是你最喜歡的一支舞嗎？」

這是貓巧可當時給白尾的答案。

初夏想了想，撿起一片葉子，在空中刷的揮來揮去，像在跟風打招呼。

「我跳的每支舞，當然都是最喜愛的。」

比賽當天，四月老師帶著初夏與加油的家長和同學，搭上狐狸村的公車出發了。車裡坐得滿滿的，同學們一下子大喊：「初夏初夏好神氣。」一下子高呼：「狐狸小學妙妙妙，狐狸小學樣樣好。」

比賽地點是在森林中央的五棵大樹下，舞臺四周擺滿五顏六色的花。在花香與微風中跳舞，多麼美好。

到了等候區，初夏看見其他選手正在暖身，也連忙換上舞衣，拉拉腿、伸伸腰，讓身體變得柔軟。

選手來自森林各地的小學，連遠方的綿羊村都有位小羊妹妹來參加。

初夏對她笑一笑，問：「我是初夏。你也是跳芭蕾舞嗎？」

「沒錯，我最喜歡身上這件粉色蓬蓬裙了。」小羊妹妹指指身上的舞衣，又在初夏耳邊說：「小狗小學的柴犬選手要跳街舞，我剛才看他練習，跳得好靈活，是支很有節奏感的舞喔。」

小羊妹妹因為參加比賽，已經交到新朋友了。

忽然，初夏聽到從舞臺方向傳來的幾句加油聲。

「初夏加油！」

「初夏是最閃亮的明星！」

大家熱情的高喊著，讓初夏臉都紅了。

小羊妹妹羨慕的說：「好多人都來替你加油，真幸福。」

初夏的臉更紅了，而且越來越紅，連眼眶都有點溼溼的。

加油
初夏
加油

她對小羊妹妹說：「我要的不是一大堆加油，不是跳舞比賽第一名，也不是贏過所有人，更不是打敗你。」

小羊妹妹的眼眶好像也有點溼溼的，她向前抱了抱初夏，初夏也緊緊抱著小羊妹妹。

「你喜歡跳舞嗎？」初夏問小羊妹妹。

「我最喜歡跳舞了。」小羊妹妹踮起腳尖，開始轉圈圈，還說：「我會連續轉三圈喔。」

白尾帶著初夏媽媽準備的花草茶，到舞臺後方的等候區，想給初夏補充體力。可是，東瞧西瞧，左看右看，初夏在哪裡呢？

「小羊妹妹，你有看見狐狸小學的選手嗎？」

「咦，她剛剛還在這裡啊。」小羊妹妹拉著蓬蓬裙，又說：「怎麼一下子就不見了？」

白尾到處找，卻只看見初夏的背包還擺在椅子上。四月老師也走過來，小聲問白尾：「我把音樂交給工作人員了。初夏呢？就快要輪到她了。」

四月老師緊張起來，明明初夏上一秒還在這裡調整芭蕾舞鞋，下一秒卻不見蹤影。

這時，舞臺上傳來主持人的聲音：「接下來，讓我們歡迎狐狸小學的選手上場，她準備的曲目是月光芭蕾舞。請掌聲歡迎！」

白尾不知道已經聽過多少次這首曲子，初夏在溫柔的旋律中，彷彿月光下的精靈，手轉著圈，腳也繞出一個又一個漣漪般的圈圈，真的好美好美。

初夏跑去哪裡了？她丟下她的舞臺夢想，丟下舞蹈比賽第一名的夢想，到哪兒去了？

音樂已經響了八拍，白尾看見舞臺下一張張熟悉的臉孔都驚慌失措的瞪著空蕩蕩的舞臺。既然自己很熟這首曲子，白尾決定走上舞臺。

他跟著音樂，左轉一圈、右轉一圈，可惜站得不太穩，差點兒摔倒。

臺下傳來輕輕的笑聲，但是白尾不在意。他像平時與初夏在森林裡跳舞的樣子，蹦恰恰、蹦蹦恰恰，跳起自己編的舞。

直到音樂停了，閉著眼睛、露出微笑的白尾，才張開眼，對臺下一鞠躬，說：「謝謝欣賞。」

觀眾都熱烈的鼓掌。

白尾抬起頭，看見遠遠的大樹下，穿著鵝黃色芭蕾舞衣的初夏，又搖頭、又點頭，但也露出大大的笑容。

比賽結束，貓巧可上臺宣布成績：「動感十足第一名：小狗小學。」

小狗小學的柴犬無比歡樂的跳上臺。天鵝評審說：「他的街舞充滿熱情，值得給第一名。」

沒想到，評審代表貓巧可又大聲說：「最佳服裝第一名：綿羊小學。」穿著粉紅蓬蓬裙的小羊妹妹也尖叫著上臺。竟然有兩個第一名！

不只這樣，貓巧可繼續唸著：「勇氣百倍第一名：大象小學。姿勢認真第一名：野狼小學。充滿自信第一名：狐狸小學。」

所有來自狐狸村的觀眾都轉身彼此擁抱，開心大喊：「我們也是第一名！」

黑猩猩評審走上臺，說：「每支舞蹈都是獨一無二的，各有各的特別意義。經由我們三位評審討論，認為這一次舞蹈比賽的精神，在於跳的人有沒有跳得開心，觀賞的人是不是也看得好心情。只要答案是肯定的，當然就有資格得到第一名。」

天鵝評審也補充：「這才是跳舞的基本精神。」

比賽結束，森林又恢復安靜。狐狸小學的校長室，現在多了一個閃亮的第一名獎牌。

四月老師也在教室裡表揚白尾：「能及時替好朋友解決問題，又不讓本校在比賽中缺席。白尾，你做得很好。」

大寶舉手問：「初夏臨時放棄參賽，該怎麼處罰？」全班都轉頭看著初夏。

初夏站起來，走到講臺上，踮起腳尖，右轉一圈、左轉一圈，一面跳舞一面說：「就罰我跳舞給大家看吧。」小天連忙故意摀住眼睛，「這是在懲罰我們吧。身為狐狸，跳什麼舞啊！」

四月老師笑了，白尾笑了，然後，全班也一起笑出聲來。

教室窗外，飄進來一片片黃色小花瓣，蹦恰恰、蹦蹦恰恰……

故事裡，初夏一開始的夢想，是因為跳舞會讓她快樂，因此希望長大後成為芭蕾舞者；那究竟發生什麼事，讓她最後突然不想踏上比賽舞臺呢？

我們的夢想是為了自己，還是別人？為自己或為別人，都是一種「觀點」，有了「觀點」，就會有「期待」。比如，初夏一開始對「跳舞」的觀點是「能讓自己快樂」，於是「期待」將來能一直做讓自己快樂的事——因此想成為芭蕾舞者。

但我們對自己的期待，與別人對我的期待，會一樣嗎？如果事情跟原本期待的不同，怎麼辦呢？

《狐狸一族心探險》系列，想請你思考在薩提爾的「冰山隱喻理論」中，隱藏在「行為」底下的「內在」。

想想當我們面對事情時，為什麼會有這樣的反應？

海面下的「內在」包括「感受」和「感受的感受」，這在《不能說的禁忌》中，我們已經做過練習。在《誰是第一名？》裡，讓我們來好好想想冰山更下層的「觀點」及「期待」。

觀點是會改變的嗎？

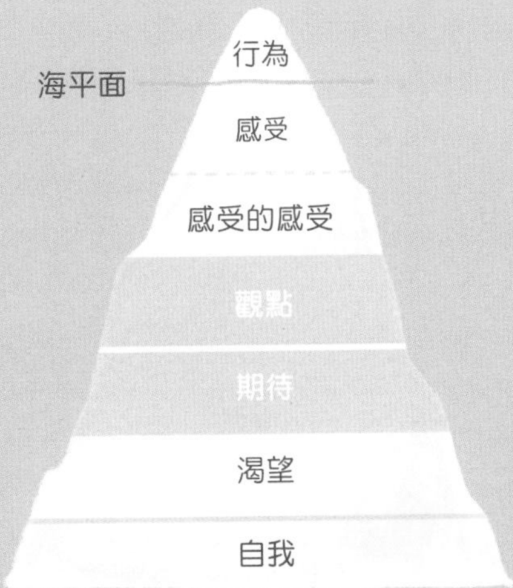
海平面
行為
感受
感受的感受
觀點
期待
渴望
自我

首先，我們先來聊聊觀點。觀點是我們在成長過程中接收到的觀念或看法，譬如初夏的同學大寶與小天，對「跳舞」的觀點是「身為狐狸，跳什麼舞啊？」但是，他們因為有一個「期待」——期待初夏能為狐狸小學拿到第一面冠軍獎牌，於是他們「改變觀點」了，不再認為狐狸不該跳舞，反而盡全力幫助她。所以，觀點是可以隨著期待而改變的！

如果我們能學會用「觀點」和「期待」來練習思考，那將來面對事情時，只要靜下心來，用冰山隱喻理論來釐清自己的內在，就能做出更好的反應囉。

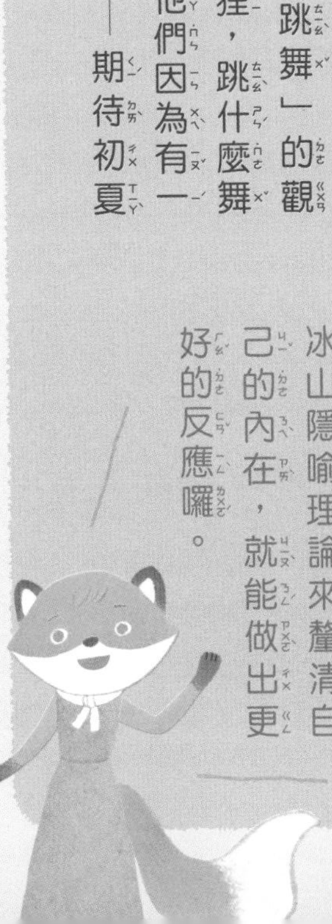

觀·點·的·練·習

你做的事情，背後都有一個立場

對事件的想法就是「觀點」，觀點會影響我們的行為，譬如：如果觀點是「比賽該得獎」，就會做出「能幫助得獎」的行為。

請先看看下方三個例子，再想想看，初夏媽媽的「觀點」可能會是什麼呢？

行為
我想要一直跳舞！
觀點
跳舞讓我很快樂。

身為狐狸，跳什麼舞啊？
狐狸不應該跳舞。

我要幫初夏拿到冠軍！
好朋友就應該互相幫助。

觀點
為了比賽，要多補充體力！

期·待·的·練·習

不同「觀點」帶來不同的「期待」

對事情的觀點，會影響我們的期待。例如，同學的觀點是：學校應該要有冠軍獎牌，於是「期待」初夏參加比賽，奪得第一名獎牌；但不同的觀點，就會有不同的期待。

想想看，如果你是下列的角色，可能會有什麼樣的觀點，又會導致什麼樣的期待呢？

觀點
期待
跳舞應該是讓自己快樂。
我有沒有得名都沒關係
期待
觀點
參加比賽就應該要得第一名。
我會得第一名
志在參加，不在得獎。
盡力準備就好，有沒有得名都很棒
初夏跟我小時候一樣，參加比賽就會盡力贏得冠軍。
初夏盡力贏得冠軍

觀點
期待
初夏得第一名
學校應該要有冠軍獎盃。

期待
上臺的選手都很快樂自在
跳舞是為了讓自己及觀眾開心。
只有舞技最好的選手才能得名。

觀點可以改變，當然也可以堅持；有觀點，便有期待，而期待會引導我們採取某種行為。下次，當你發現自己的期待和別人對你的期待不一樣時，可以想想：需要改變自己原來的觀點嗎？哪種期待是你真心想要、而且比較好？想清楚後，才能向別人說明，讓事情可以得到圓滿結果喔。

台灣薩提爾成長模式推展協會理事長 **張瓅如** 審定

國家圖書館出版品預行編目資料

狐狸一族心探險. 2：誰是第一名? / 王淑芬 文；蔡豫寧 圖.
-- 第一版. -- 臺北市：親子天下股份有限公司, 2022.11
112面；14.8 ×21公分. --（閱讀123；95）
注音版
ISBN 978-626-305-342-7（平裝）
863.596　　111016004

閱讀123系列 —— 095

狐狸一族心探險 2

誰是第一名?

作者｜王淑芬
繪者｜蔡豫寧
附錄審定｜張璣如

責任編輯｜謝宗穎
美術設計｜林子晴
行銷企劃｜王予農、溫詩潔

天下雜誌群創辦人｜殷允芃
董事長兼執行長｜何琦瑜
媒體暨產品事業群
總經理｜游玉雪
副總經理｜林彥傑
總編輯｜林欣靜
行銷總監｜林育菁
副總監｜蔡忠琦
版權主任｜何晨瑋、黃微真

出版者｜親子天下股份有限公司
地址｜台北市 104 建國北路一段 96 號 4 樓
電話｜（02）2509-2800　傳真｜（02）2509-2462
網址｜ www.parenting.com.tw
讀者服務專線｜（02）2662-0332　週一～週五：09:00~17:30
傳真｜（02）2662-6048　客服信箱｜ parenting@cw.com.tw
法律顧問｜台英國際商務法律事務所・羅明通律師
製版印刷｜中原造像股份有限公司
總經銷｜大和圖書有限公司　電話（02）8990-2588

出版日期｜ 2022 年 11 月第一版第一次印行
2024 年 6 月第一版第三次印行
定價｜ 300 元
書號｜ BKKCD157P
ISBN ｜ 978-626-305-342-7（平裝）

訂購服務
親子天下 Shopping ｜ shopping.parenting.com.tw
海外 ・ 大量訂購｜ parenting@cw.com.tw
書香花園｜台北市建國北路二段 6 巷 11 號　電話（02）2506-1635
劃撥帳號｜ 50331356　親子天下股份有限公司

立即購買 >
親子天下 Shopping
有聲故事書

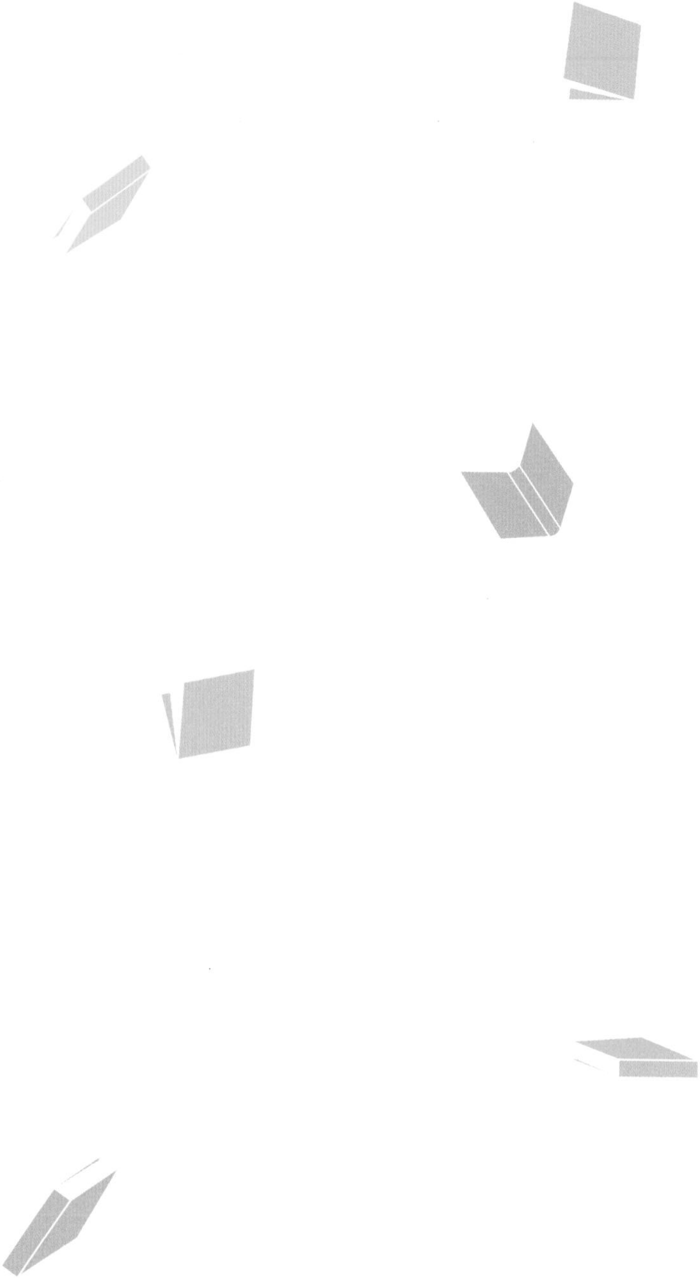

閱讀123